KB267691

아름다운 것은 침묵한다

미래시선 103

아름다운 것은 침묵한다

심윤희 〈숲〉 연작시집

미래문화사

서 문

어느 시대나 좋은 시는 좋은 시로 남아 그 울림이 지속성을 유지하는 것 같다.

여기서 좋은 시란 물론 전통 서정시를 말한다.

강렬한 자극, 강렬한 충격요법은 실험시나 전위시의 최종 목표이겠지만 이와는 달리 서정시는 대결이나 회피의 원리이기보다는 동일성 회복에 있다 할 것이다.

다시 말하면 생명의 심혼을 흔드는 평정성이 서정시가 추구하는 최종 목표라는 것이다.

그러므로 서정시는 십 년 단위로 한 시대를 흔들고 바람처럼 사라지는 비문법(非文法)의 공격성이나 파괴 또는 해체에 있는 것이 아니라 가장 돋보이는 언어의 직접성에 있다.

한 시대를 초월하는 명시나 고전화의 시들은 다분히 서정시며 단절된 세대와 세대를 복원하는 연결고리로써 전범(典範)이 되어 왔다. 그리고 이 전범은 아리스토텔레스 이후 지금까지도 그러하고 앞으로도 그러할 것임은 믿어도 좋을 확신임에 틀림없다.

누구였을까
맨 처음 풀꽃의 이름을 짓고
뿌리를 키우듯
사랑과 그리움을 키운 사람은

숲 속에 홀로 서면 외롭고 쓸쓸하여
그 사람 이름을 생각하느니

누구였을까
맨 처음 숲 속에 홀로 찾아와
내 이름을 나직이 불렀던 이는.

　위 글은 심윤희 시인의 첫 시집에 보이는 〈맨 처음 숲 속
에 홀로 찾아온〉의 전문이다. 그는 참으로 알뜰한 심성을
결고운 언어로 다스리는 참신한 솜씨를 지녔다는 확신을 갖
는다. 마치 숲 속을 흐르는 개울물처럼 맑은 청결성(淸潔性)
을 지녔다. 그리고 언어의 직접성에 의한 시인의 존재 이유
를 극명하게 보여주고 있다.
　그의 시편들이 다 그런 것처럼 이는 곧 자연과의 친화력이
며 내밀한 그리움으로서의 지고지순한 사랑정신이다. 숨가
쁜 시대를 살아가면서도 변비증 같은 '문제시'가 아니라 염결
성의 섬세한 언어로 '좋은 시 쓰기'의 전범을 보여주는 심윤
희 시들은 그만큼 진폭의 울림도 큰 것이다.
　첫 작업을 마음껏 축하하며 대성을 빈다.

1998년 초여름 漁憔莊에서

송수권

1 풀잎과 풀잎이

일생 동안 서로를 기대어 있듯

내 가슴에 비치는 네 얼굴과

네 얼굴에 비치는 내 가슴이

이렇게 뜨거워 오는 것을

이제사 알겠네.

숲 속에 몸을 묻고

맨 처음 숲 속에 홀로 찾아온

누구였을까
맨 처음 숲 속에 홀로 찾아와
풀꽃의 이름을 지어 준 이는

누구였을까
맨 처음 풀꽃의 이름을 짓고
뿌리를 키우듯
사랑과 그리움을 키운 사람은

숲 속에 홀로 서면 외롭고 쓸쓸하여
그 사람 이름을 생각하느니

누구였을까
맨 처음 숲 속에 홀로 찾아와
내 이름을 나직이 불렀던 이는.

새 순

사랑이여
희뿌옇게 움터 오는 물푸레나무 위에
새벽 별 지고 있다

사라지는 별 자리에 네 얼굴을 올려놓고
숲 속으로 걸어 들면
앞뒤에서 어둠 물러가는 소리
들려 온다

가지마다 톡톡 튀어 오르는
너의 부신 눈빛이며 입술이
어둠을 밀어내고 있는 것 보인다

그러나 사랑이여
너의 꿈은 늘
하늘을 지향하여
올려보면 눈부실 뿐
너처럼 순수의 몸짓으로
펄럭일 수는 없다

아직은
너를 지켜보는 가슴이 벅차고
찬란하여
순수의 몸짓으로 펄럭일 수가 없다.

낙 엽

어디서부터 시작하는
푸르름인지
풀잎 속엔 언제나
해와 달과 별이 떠서
낙엽이 되는

이제사 알겠네
우리들 몸에만 진홍물 들어
사랑에 붉게 타는 가슴을

풀잎과 풀잎이
일생 동안 서로를 기대어 있듯
내 가슴에 비치는 네 얼굴과
네 얼굴에 비치는 내 가슴이
이렇게 뜨거워 오는 것을
이제사 알겠네.

날 개

새는 숲 속에 둥지를 틀고
바람을 물어다
알을 낳는다

알 속에는 바람이 들어 있고
바람을 다스릴 날개가 들어 있고
몇 포기의 풀뿌리가
힘줄로 뻗어 있다

언젠가, 껍질을 부수고 날아오를 때
새는
몇 포기의 풀잎을
날개로 펼치리라

숲은 일제히 날개를 펼쳐
지상을 박차고 날아오르리니

그때를 위해 숲은
줄기를 키워 가고
뿌리는
대지를 튼튼히 휘어감고 있지 않은가.

풀뿌리 하나가 산을

숲에 들면 모두가
풀잎이 된다

그리움도
휘파람도
숲에서는 풀이 된다

풀뿌리 하나가 산을 끌어안는다
산은
풀잎으로 흔들고
풀잎으로 운다

바람이 불어오고
풀잎처럼 나부끼다
눕는 산

숲에 들면 모두가
풀잎이 된다.

생물도감 속의 풀벌레 울음

풀벌레는 세상 안에서 울지 않는다
세상 밖에서 운다

우리들의 생물도감에 그려져 있는 것은 풀벌레가 아니다
풀벌레는 울음이 그들의 몸뚱이다
머리와 가슴과 허리와 팔 다리 날갯죽지 전부가 울음이다
울음 속에 늑골과 관절과 동맥을 조밀하게 얽어 놓고
촉수는 언제나 세상 밖을 더듬는다

방아깨비나 송장메뚜기 무당벌레 때때기의 울음 소리를
우리는 조립할 수가 없다
(가령 인간의 생명이 복제된다 하여도)
육중한 망치와 날카로운 드라이버로 제아무리 두드리고 조
여도
풀벌레의 견고한 울음은 조립되지 않는다

우리들의 생물도감에 그려져 있는 것은 풀벌레가 아니다
풀벌레는 세상 안에서 울지 않는다
우리가 듣지 못하는 세상 밖에서 운다
하늘에서 달빛에서 깊은 바다 밑에서 운다.

계량법에 대하여

내가 매일 아침 조리대 앞에서 고민하는 것은 식탁에 올릴 빵의 무게를 저울질할 때마다 따라 얹히는 햇빛의 무게를 몇 그램으로 셈하여 덜어내야 하는가에 대한 의문이다.

남편은 그런 내 모습이 바보스럽다고 까탈스럽다고 투덜대지만 그의 입안은 여전히 담배 연기보다 독성 강한 불평으로 가득했다. IMF가 어떻고 여소야대가 어떻고 교수임용이 어떻고 고스톱이 어떻고 하는 알아들을 수 없는 수선만 떨지 않아도 나는 빵과 햇빛의 무게를, 햇빛에 달라붙는 아황산이나 납자 성분의 무게를 구분하기가 훨씬 용이할 것이다.

빵의 세포를 부풀리고 있는 방부제에 대하여, 우유의 신선도나 함량에 대하여, 수돗물에 뒤섞인 중금속에 대하여, 식탁 위를 떠도는 담배 연기의 분포에 대하여, 배춧잎에 붙어 있을 파라티온의 독성에 대하여 그것들의 무게를 덜어내야 하는 계량법이 매일 아침 나를 당혹케 한다.

바람개비는 바람과 엇갈릴 때에만 돈다

바람개비는 바람의 소리를 알아듣는다
바람의 고향과 바람의 나이와
먼 곳을 지나온 바람일수록
슬픔이 많다는 것까지도
바람개비는 알고 있다

바람이 불지 않는다
귀를 세우고 마음을 열어도
오늘은 슬픈 일이 없나보다
바람개비는 이런 날이 두려워
장마비에 젖을 것 같은
어깨와 다리를 주무른다

슬픈 일이 없다는 건 불길한 예감이다
바람도 없는데
풀잎이 흔들리고 열매가 나뒹군다

이제는 혼자라도 돌아오겠다는 생각에
바람을 잡아당겨 보지만
서로가 엇갈려

부딪칠 때에나 돌아갈 수 있다는 걸
바람개비는 알고 있다.

숲 속에 몸을 묻고

나 평안하다
살아서
바다 깔고
하늘 덮고
산자락 기대 보니 평안하다
이럴 때는 사람들아
누워 생각하라
바다와 하늘과 산에 사는 목숨들
나로 하여 평안할 이 누구겠는가.

나의 詩語

비가 오고
웅덩이
빗물 고이고
그 위에 모여드는 불빛
빗방울이
툭
깨트리고
먹장구름 한 조각
해를 건져 올리는
낚시질.

사랑에 대하여

어찌하여 당신에겐 이 세상 가장 깨끗하고 아름다운 것들
만 어울리는지 사랑이란 말씀조차 드리지 못합니다 이처럼
때묻고 초라한 말씀 빛 좋은 강에 나가 빨아 드리렵니다만
봄 여름 꽃물 들어 얼룩질까 두렵더니 지금은 어느덧 철새
의 계절 강변에 울음 울고 내일은 눈 내릴 듯 이승에선 아
무래도 될 일이 아닙니다.

여름 밤의 기도

　내 몸 속의 뜨거운 핏줄 모두 너에게로 걸어가는 초저녁
창 밖은 무덥고 무더위에 기댄 나는 난생 처음 하느님께 드
릴 기도를 생각한다 그러나 사랑이란 하늘보다 뜨겁고 바다
보다 숨막히는 이 세상 가장 먼 곳으로의 여행임을 안다 까
닭없이 솟구치는 땀방울처럼 이 세상 가장 눅눅한 기도임을
나는 안다.

돌멩이가 앉아 있던 자리

돌멩이 속에는 피가 뜨겁다
날개를 달고
허공을 날아 보고 싶은 마음에
무거운 가슴을 밤새
뒤척였다

누구를 그리워
평생을 한자리에 침묵하는지

단단한 어둠을 어깨로 밀어내며
앉아 있는 그 자리
얼마나 따뜻하랴

나도 이곳에 평생을 침묵하여
그리움을 그리워하는
작은 돌멩이고 싶다.

서 울

누구의 하늘이 저리도 높습니까

산이 따라 높고
바람마저 드높으면
강물이나 얕으막히 흐르라지요

가끔은 비 내리고
바람 불어
누구든 별을 보며 꿈이라 하겠지만
석류를 깨문 듯
시뻘건 전설을 한 웅큼씩 내뱉는 유리창에
자유는 배고픈 자들의 양식이라고
낙서를 해 봅니다

아버지 어머니 그렇게 사신 곳을
아이가 마다할 리 있겠습니까.

첫사랑 속으로

아픔이었지 첫사랑은
평생을 다스려도 누르지 못할
불치의 속앓이
찬란한 아픔이었지

어쩌란 말인가
쓰러지지 못해 다시 앓는 천형을
까닭없이 툭툭 털고 일어나란 말인가
오늘도 별을 보며 신열을 앓고 싶어
지난날의 추억을 방황하지만
약속도 할 수 없는 먼 거리를
뒤쫓아 걷다가 돌아왔을 뿐

아픔이었지 첫사랑은
평생을 다스려도 누르지 못할
찬란한 불치의 속앓이였지.

네잎 크로바에 대한 추억

우리는 풀밭에 있습니다 당신은 들꽃 앞에 한참을 앉아 있
고 나는 멍청히 하늘을 올려볼 뿐 아무 말도 건넬 수가 없
었습니다

봄, 낮, 하늘, 꿈

나의 손톱에서 떨리던 햇빛이 풀밭으로 쏟아내려 네잎 크
로바로 피어 있었습니다.

아라비아숫자

너는 나의 운명인가보다
평생을 미행하여,
네가 나를 묶는 것이냐
내가 따라가는 것이냐
신생아의 손목에 낙인으로 찍혀 있는
일련번호가
영안실 화로 속에 불타는 동안
나는 나의 주민등록번호를 주문처럼 외운다
(1 2 3 4 5 6 - 7 8 9 0 1 2 3)
외울수록 난해한 판독 불가의
운명

길을 잃은 깊은 숲 속 같다.

2 나 죽으면 숲에 묻으리
내 몸은 애시당초 숲의 한 부분으로
팔과 다리는 대지를 뻗어가고……
내 생전 사랑하던 사람과
저만큼 같이 서서 숲이 될 수 있다면
그 또한 소스라칠 행복이지 않겠는가.

촛불로 보는 세상

하늘의 숲

바람의 가슴에는 장미가 꽂혀 있다
아마, 장미넝쿨을 스치고 오는 바람인가보다
새소리와 물소리
하늘과 해와 별빛을 반짝이며 다가오는 바람에게서
하늘의 소식을 들으며
하늘에도 지상의 꽃이 피어 있음을 비로소 안다
지상에서 사라진 숲 속에
지상에서 사라진 마을에
지상에서 사라진 사람들이 살고 있음을 비로소 안다
하늘에도 우러를 수 있는
해와 달과 별이 반짝이고 있음을 안다.

낮달의 행방을 찾습니다

고향 가는 길목의 보리밭에는
폐병으로 허덕이던 낮달이 숨어서
울컥울컥 핏멍울을 토해내는 자리마다
뽀얀 산새알이 하나씩 늘어나고 있었는데

하지(夏至) 지나
아버지의 무쇠낫이 밭둑에 들어서면
알에서 깨어난 새떼들이
후루룩후루룩
하늘로 날아가고 있었는데

새떼를 따라
보리밭 고랑도 날개를 달고
산과 강과 마을들도 날개를 달고
하늘로 하늘로 날아가고 있었는데

지금은 산성비 내리고
폐병쟁이 낮달을 찾는 광고에 그려 넣을
몽타쥬를
나는 아직 그리지 못하고 있습니다

누구
낮달을 기억하는 사람 안 계신지요.

가족

꽃씨를 뿌립니다
뿌리가 흙을 밀면 꽃망울 돋겠지요

저마다의 향기로
가을을 기다리며
꽃잎 시들고
꽃잎 떨어지고
조그만 씨앗 하나 그 자리를 지킵니다

씨앗 속엔 봄이 오고
가을이 오고
또 다른 꽃잎이 피고 있습니다.

고향, 그리고 도라지꽃

어머니 기젯날
바위틈 비집고 성묘길 올라서면
아득히 멀어 슬픈
고향 마을 보인다

햇볕을 받기에도 힘이 겨운 듯
나지막이 엎드린 지붕 밑
도라지꽃 몇 송이 피어 있는지
냄새 향기롭다

죽어서도 고향은
향기로울까
어머니 봉분 옆에
엎드려 본다.

촛불로 보는 세상

촛불로 보는 너의 눈빛
내 마음 경건하다

이 경건을 위해 오늘 밤
나의 힘줄 태운다면
그대여
눈을 감지 마라

눈물이 고일수록
세상은 아름답고
이런 날은 차라리 기도하고 싶어라.

종소리와 양철 지붕

이른 새벽
섬마을
언덕배기 교회당

뾰족하고 빨간
양철 지붕이었을까
종소리 따스하다

따스해서
두 손
저절로 모아진다

조금 후엔
파도가
대숲을 흔들겠다.

여름, 그리고 호수와 소녀와 별에게

호수를 반짝이는
저것은 누구의 불빛입니까
눈부셔
사랑을 얘기하지 못했습니다

언덕에선 꽃이 피려는지
풀잎 흔들리고
소녀는 서운해 돌아갔습니다

이젠 나도 놓아 주십시오

머지않아 별이 뜨고
물비늘이 떼를 지어 반짝일 때면
소녀는 되돌아와
별이 된다 할 겁니다.

예감·1

이 세상 모든 그리움은 숲에서 시작되어
숲에서 끝나리니
오늘은 마당을 넓게 쓸어 놓고
하늘이 깨지도록
천둥을 기다리는 일이다

무너져내릴 것은 소란스러워 좋다
내 가슴은
어느 순간을 위해 벌써부터
아득아득 저려 오고
육신은 뜨겁게 달궈 놓았다

사랑이여
그대는 빈손으로 오라
네 눈빛은 바다보다 깊어서
쟁깃날을 들이대면
우리들의 그리움이 벌겋게 뒤집히지 않겠느냐.

예감 · 2

아직도 누군가를 만날 욕심으로
내가 살아 있다면
내일 혹은 그 다음 날
낯선 모습으로 마주칠 나를
그대는 맞이할 수 있겠는가

우리는 항상
낯설음으로 살아갈 수밖에
별 도리가 없음을 안다

그리고 우리는
내일 혹은 그 다음 날
죽음과도 같은
아주 낯선 것과 먼저 만날
불길한 예감으로 살아갈 수밖에
별 도리가 없음을 안다

그러나 내가 끊임없이
너의 꿈을 꾸는 것은
아직도 우리가 살아 있다는
놀라움.

예감·3

-접근 금지
지뢰 매설 지역-

폭사한 산짐승의 핏방울이 괴로운 듯
꿈틀대는 푯말을 흔들며
한 무리의 바람이 숲 속으로 들어간다
또 무슨 불길한 일이 벌어질 것 같아
눈과 귀를 막는다.

예감 · 4

여기는 버려진 이름들만 모여 있는 곳입니다
버려진 것들이 잊혀질 준비를 하고 있는 곳입니다
누가 나의 이름을 '풀'이라고 호명하지 않는다면
누가 나의 이름을 '꽃'이라고 호명하지 않는다면
우리의 버려진 이름조차
잊혀질 준비를 하고 있는 곳입니다.

예감·5

저녁이면 바다에도 어둠이 내리는 것
아무래도 이상한 일이다
해와 달이 포근히
잠드는 바다
출렁이던 파도까지 어두워질 때
등대불도 별수 없이 무적음(霧笛音)을 울어댄다

저녁이면 바다에도 어둠이 내리는 것
아무래도 이상한 일이다
잠들면 우리들도 어두워지는 걸까.

예감 · 6

나 죽으면 숲에 묻으리
내 몸은 애시당초 숲의 한 부분으로
팔과 다리는 대지를 뻗어가고
내 눈과 마음은 바람에 흔들리고 흩날려
심장에선 풀잎이 돋아나는 소리 들려 온다

늙은 핏줄일지언정 이렇다면
숲의 튼튼한 뿌리 한 오락지쯤은 될 수 있지 않겠는가.

내 생전 사랑하던 사람과
저만큼 같이 서서 숲이 될 수 있다면
그 또한 소스라칠 행복이지 않겠는가.

예감 · 7

아, 소리없이 푸르르는
너의 생각이 되고
너의 심장이 되고
너의 사랑이 되리
나 또한 소리없이
소멸해 가는 하루살이 풀잎의 영전에 바쳐지리
찌들은 몸뚱아리
숲으로 돌아가기 위해
먼 옛날을 그리워하다 못해
사랑이 쇠잔한 겨울 숲에 심으리.

예감·8

숲에 들면
핏줄 고요하다
푸르게 고요하다
초록빛 혈관에 들어앉아
숲을 키우는 산
바람 불고 풀잎 흔들리고
풀잎마다 하나씩
해가 솟는다
아,
목숨 밝아지는 소리
빛깔 고요하다
풀잎 위에 놓여진
뻐꾸기 울음까지.

예감·9

통영 그 시퍼런 바닷가
멸치젓 장터마당을 어슬렁거리며
기울어 가는 낮달을 좇아
노란 민들레가 피었습니다

어머니처럼, 어머니처럼
슬픔과 눈물을 무겁게 이고
멸치젓 사-소, 멸치젓 사이소

저녁 어스름보다도
촉촉히 젖어들던 목소리로
노오란 민들레가 피었습니다.

하느님, 지난 여름 우리들의 논두렁은 참으로 위대했습니다 예리한 금속성보다 더 강렬한 무더위와 가뭄에도 두렁콩은 익어 독새풀 옆에 낄낄대며 저렇게 이빨을 드러내고 있습니다

풋고추 된장에 버무린 호박잎새 속에 불덩이로 타오르던 햇빛을 한 입 덥석 깨물어 바짝 마른 물꼬에 고수레로 내뱉던 우리들의 아버지 어머니들이 지금은 시퍼런 조선낫을 거머쥔 채 서그렁서그렁 베어 넘기는 벼포기 저것은 필경 당신의 서러움이고 가난일 테지만 가슴 치고 땅을 치며 무너져 내리지도 못하고 어금니 지그시 다물고 물끄러미 지켜 있는 저 눈물겨운 모습을 하느님, 당신밖에 그 누구도 바라볼 수 없음을 용납하소서.

3 아름다운 것은 침묵한다
우리의 생명이 임종을 침묵하여
죽음에 이르듯
목숨은
영원한 침묵의 준비여서 아름답다.

아름다운 것은 침묵한다

해바라기

이 세상 그리움이란 그리움
모두 모여
커다란 원을 그려 놓고

강강수월래
강강수월래

외로움은 쌓아 올려
잉걸불 지펴 놓고
바람이 불어오면 흔들리리라

손 끝에 하늘 걸고
발 끝에 땅을 걸고
바람이 불어오면 흔들리리라

나는 이제야
여문 가슴을 숙여
먼 지평의 고요함을 닮아 가느니

누가 나의 뿌리마저 흔들어

까맣게 타 버린 그리움의 형상들
하나도 남김없이 털어가 다오
털어가 다오

강강수월래
강강수월래.

노 을

촉촉히 젖어드는 손톱 위로
풀벌레 울음 수런거리는
저기는 어데길래
해가 지고
바람 불고
강물 흐르고

무리진 철새들도
고향을 뜨려는지
젖은 깃을 털고 있는 강줄기
끝에 서서
내 어린 날의 설움보다
석삼년은 더 붉어진
가을 저녁답 미치도록 불타는
노을만 올려보고 있어야 하는가

외로운 것들은 모두 다
저희들 외로움 툭툭 털며
날아가 모여드는
정말 저기는 어데길래

가을이여
내일이면 미칠 일 하나로
너와 나, 둘이 이 자리에 남아서
저녁답의 노을만
툭툭 털며 서 있겠네.

焦土의 무덤

봉분도 허물어진 잡초 위에서
목이 쉬어 울고 있는
한 마리 산새여
그곳엔 누가 깊은 잠 들어
네 울음에 가슴마저 허물었느뇨

이슬 젖은 풀 내음
눈부신 햇빛
묘비 앞을 지나기 미안하여라

밤이 오면 별빛도
꿈인 양하여
고개 들어 아득히 올려보는 곳

계절이 꽃을 피워
무릎 꿇노니
잠든 자는 깨어나라
초토의 무덤.

고 향

비상(飛翔)의 피곤을 털듯
노을을 털며 둥지에 드는 새여
네가 어둠을 나르지 않아도
우리의 산하(山河)에는 저녁이 온다

찔레꽃보다 하얀 어둠 속에
심지를 밝히고
어느 사람은 고향을 얘기하겠지만

고향은 슬플수록 따스하다고
찔레꽃보다 하얀 어둠 속에
눈물을 던지며 얘기하겠지만

노을을 비껴 둥지를 찾는 새여
네가 하루분의 어둠을 나르지 않아도
우리의 산하에는 저녁이 온다
찔레꽃보다 슬픈 저녁이 온다.

헤어져 있는 것은 아름답다

우리 얼마나 멀리 헤어졌는가
우리 얼마나 기다려야 할까

목숨은 모두가 별에 닿아 있고
우리가 그리워하는 것은
별을 향해 사라지려는 몸짓이니

새벽별처럼
마지막 한 점의 빛을 감추며
우리가 서로를 그리워하는 모습은
또 얼마나 아름답겠는가.

뿌리 · 1

냇물은
거대한 원석(原石)의 중심에 뿌리를 뻗어
산맥과 산맥을 잎새로
강줄기를 대궁으로
한 송이 드넓은 바다의 꽃을 피운다
그리고 꽃의 빛깔을 들어올려
하늘을 열고야 마는
근성(根性)의 절정

그 앞에서
내 목숨의 숨소리는 무엇인가
종족은 무엇이며 핏줄은
어디에 발원(發源)의 뿌리를 딛고 있는가를
생각하며 나는
차라리 한 방울의 이슬이기를 희망한다
가냘픈 바람 앞에
스스럼없이 증발하는 한 방울의 빛깔로
하늘의 꿈을 나르는 뿌리이기를 희망한다.

뿌리 · 2

내 몸 속에서
몸뚱이를 지탱하는
뼈와 살과
질긴 힘줄
또는 오장육부 모두가
구린내 물씬 나는
고향 텃밭
붉은 황토로 빚어진

발걸음 옮길 때마다
구린내 풍겨나고
우수수
우수수
황토 흙 쏟아지는 소리
들린다
내 몸에서.

태백산맥

아침이면 하나의 바위마다 한 사람씩 어깨를 주무르며 걸
어 나와 허리를 굽혀 산 속으로 들어가는 것을 본다. 들어
가 아침마다 바위를 열고 고개를 내미는 산을 닮은 사람들.
한자락 노랫가락 그리운 날엔 우렁우렁 산 울음 울어 설악
속리 지리산 아니면 저 아래 소백 한라의 바위를 두드리는
우리들의 산맥은 해발 십만 킬로. 하늘보다 높고 무쇠보다
견고한 해발 십만 킬로. 이 세상 가장 큰 슬픔과 가장 큰
그리움으로 쌓아 올린 번쩍이는 조선의 이마다.

아름다운 것은 침묵한다

숲에 들어
풀꽃 앞에 앉아 있는 모습은 아름답다
환희의 느낌을 침묵하기 위해
떨고 있는 가슴은 더 아름답다

산이 침묵하지 않고
강이 침묵하지 않고
꽃이 침묵하지 않는다면

침묵을 바라보는 나의 눈빛이
침묵하지 않는다면

아름다운 것은 침묵한다
우리의 생명이 임종을 침묵하여
죽음에 이르듯
목숨은
영원한 침묵의 준비여서 아름답다.

기 억

봄날 아침
벌어지는 꽃잎과
꽃잎 사이로
걸어 나오던 빛깔이
뚫어져라
나를 본다

기억에 남은 듯한
아직은
손이 차다

식물도감을 뒤져
그의 이름을 찾는다

전생에 헤어진 나의
첫사랑.

새를 위한 서시

한 마리 작은 새이고 싶다
하늘과 별과 바람을 사모하여
비상(飛翔)의 꿈으로 평생을 수고로운
날개를 달고 싶다.

속박의 규범과 가식의 옷을 벗고
숲과 나무와 언덕을 노래하는
그윽한 슬픔이고 싶다
나는.

흐르는 강물에
날개를 씻어내며
먼 이국의 전설이 그리워
하늘과 별과 바람을 사모하는
한 마리 작은 새이고 싶다.

바 람

바람에겐 소리가 없다
제 스스로의 목청을 걸어 닫고
스치면 흔들리는 것들을
소리나게 한다

마을 가까운 산 등성이
누가 소리를 닫고 누워 있다

봉분 위에 귀를 댄다
아무 소리 없다

그의 혼령이 바람이 되어
내 가슴을 두드리나보다

이제야 흔들리는
울음 소리.

쑥 꽃

어둠,
그 캄캄함도
돌멩이처럼 단단해지면 꽃이 되는가

어쩌면 너의 뿌리가
무겁고 단단한 어둠을 더듬어 가는 동안
가끔씩 얻어 마신
안동소주에 취해 우러르는 하늘은
낮술보다 아득한 깊이로 취해 있다

장마가 오면 우리는 젖어야 한다
너와 나 어깨를 기댄 채
서로의 젖어 가는 모습을 지켜보는 것
얼마나한 위안이랴

오늘은 어둡고,
어두워서 따스한 별빛을 더듬어 가는
우리들의 젖은 뿌리

안동소주에 취해 우러르는 하늘은
낮술보다 아득한 깊이로 취해 있다.

봄의 노래

봄의 소리는
가만히 귀 대어
이른 아침을 여는
백목련 흰 꽃순
거기서 시작하죠

뒤질세라
아침 이슬이 풀끝에서
수정처럼 자연의 내음을 품고
진달래는 무더기로
붉게 타듯 그늘을 이룹니다

이미
오래-전에
나는
진달래에 몸을 묻고
오직 진달래를 먹으며
꽃잎으로 입술을 바르고
꽃잎으로 허기를 채운
속쓰림을 기억합니다.

이 아침
그 속쓰림으로
나는 오늘 아침 진달래 그늘에 시를 씁니다
진달래는 나와 긴 여행을
떠납니다.

그러나 순간의 시상(詩想)은
찰나적 열정으로
시들고 마는…….

새가 하강하는 이유

새는 깃털로 허공을 짚으며
하늘로 하늘로 솟구치고 싶었다

솟아 오르다 솟아 오르다
화살에 찔리듯 햇빛에 가슴이 찔려
어느 날 가느다란 핏줄을 늘어뜨린 채
추락하고야 말 것을 안다

몸뚱이 가득 비구름 젖어들어
우리들의 어둠은 언제나 눅눅하고
강줄기 옆으로 길이 뚫린다
길이 젖듯 우리의 목숨도 젖어야 한다
젖어 움츠러든 깃을 털며

허공을 짚어
길을 가야 한다.

나는 철길 옆에 핀 작은 들꽃이옵니다

나는 철길 옆에 피어 있는 아주 작은 들꽃이옵니다
기차가 지날 때마다, 어느 먼 곳으로 떠나가는 꿈을 꿉니다
하늘이 있고,
바다가 있고,
강이 흐르고,
마을이 있고,
사랑이 있는
그런 곳에서 사는 꿈을 꿉니다
철길 옆엔 언제나 떠남뿐
아무 것도 남아 있질 않습니다
하늘이 떠나고,
바다가 떠나고,
강이 떠나고,
마을이 떠나고,
사랑이 떠나고
철길 옆엔 언제나 나 혼자서 떠나는 것들을 보냅니다
비가 내립니다
떠나는 사람들의 무릎이 젖듯 그들의 고향도 젖어듭니다
안녕히 가세요, 안녕히
이젠 나도 흠뻑 젖은 채 어디론가 떠나는 꿈을 꾸어야겠습니다.

아버지의 바다

저 깊고 푸른 통영 앞바다
그곳은 아버지의 바다입니다
철썩철썩 밀려오는 파도 소리와
저인망 어선의 발동기 소리까지
아버지의 음성으로 들려오시던
그곳에서 모든 것은 시작합니다
해가 뜨고 달이 뜨고 별이 뜨고
마파람도 거기에서 시작하는 곳
여섯 남매 우리들도
그곳에서 태어나
오늘 이처럼
깊고 푸른 아버지의 바다 앞에 모였습니다

당신의 항해길 어느덧 팔십년
저토록 굽으신 등과 허리
팔다리는 얼마나 저리신지요
아직은 미약한 저희들의 손마디로
석석삼년 주물러 드린들
얼마나 시원이야 하시겠습니까?
아버지, 어머니
그 저려 오는 아픔을 이제는 내려놓아 주세요

여기 모인 자손들이
이렇게 뜨거운 눈빛으로 에워싸고 있지 않습니까

저 깊고 푸른 아버지의 바다는
참으로 위대했습니다
그토록 험하던 폭풍우도 잠재우고
모진 비바람, 거뜬히 견디시던
아버지,
아버지가 또 앞장을 서서요
저 깊고 눈부시게 푸른 바다는
언제까지나 영원히 아버지의 것입니다
아주 오래도록 아버지의 것입니다.

현관의 배치에 대하여

대문과 일직선이 되게 할 것. 안방과도 직선이 되게 하되 (절대로) 정류장이나 앞집과는 차단되는 위치여야 함.

지하통로와는 정확히 연결시켜 가족의 출입이 (절대로) 외부에 노출되지 않도록 유의하고

햇볕이나 바람 같은 의심스런 물체는 (절대로) 검증이 필요하니 반드시 경비실의 폐쇄회로를 통해 전송할 것.

가명계좌는 하수구 밑으로 은행까지 뻗어 있음. (절대로) 비밀을 지켜야 하며 공사중 파손되지 않도록 경고 팻말을 세워 둘 것.

4 사랑도 익을 대로 익으면
저렇게 헤어져야 하는가
스스로의 무게를 견디지 못해
가지를 움켜쥔 힘줄을 풀어
바닥에 투신하는 홍시를 보며
지난 가을 우리들 가슴도 저처럼
붉게 물들이지 않았었는지

가을 여행

저녁 숲에서

한 무리의 어둠과 함께
저녁 숲에 든다

바람이 일고
숲 속에서 톱니바퀴가 돌듯
금속성이 덜그럭거린다

어둠이 톱니바퀴에 물려들어
피를 흘리며 분해되어 나오는
풀잎 끝
혹은 나뭇가지 끝에서
오랜 침묵 뒤에
꽃과 향기가 피어난다

어둠을 분해하여
꽃과 향기를 짜내는
오월의 저녁 숲은
방직공장의 직조기다

아카시아 내음이
면사처럼 널려 있다.

겨울로 가는 간이역

노을빛 여물어 하늘 붉어 오는
늦가을 저녁엔 창문을 열자

끝없이 돌아가는 세월의 수레

또 다른 간이역을 지나가느니
이런 날에 그리움이 무슨 소용 있으랴만
마른 숲 속 풀잎처럼 별이나 맞자

별 하나 목에 걸고
또 하나 팔에 끼고
반짝이며 말라 가는 갈잎이 되어
바람이 부는 대로
날아가고 싶구나

차가운 바닥에 몸을 눕히면
땅 속의 뿌리들은 그제서야 뒤엉켜
서로의 촉수를 쓰다듬는 정감

이슬이 맺혀 온다
이슬 속에 별이 들어

이슬이…… 터진다
차가운 계절 위에 별이 따스하다.

가을 숲에서

차창 건너 저편
하늘과 산을 담고
시월을 달려간다

하늘만 올려보아도
흔들리는 마음

활활 타오르는 산
부산한 풀잎들의 흔들림
저 화려한 들녘은 나를 부르며
짙은 가을로 걸어오건만

나는 어느 지점에서
비우고 지우며
무작정 내려야 할 것인지

꽃잎처럼 피어 가는
어느 지점쯤
꽃씨를 터뜨리듯
나를 터뜨려야 할 것인가.

오월의 아침

숲이 새벽을 알린다
새벽잠이 푸르다
산을 유혹하는 오솔길에서
풀꽃은
노란 꽃망울로 봄을 꾸린다
신방 같은 새벽 안개
내 핏줄 어디쯤에 꽃을 피우려고
동녘 산비탈
해를 끌어올리는가
붉은 피
뚝 떨어진다.

가을 여행

바람이 불고
낙엽이 나뒹구는
계절의 길 끝에
아무 것도 갖지 못한 내가 서 있다

낙엽처럼 펄럭이며
낙엽처럼 부서지며
떠돌아온 이곳에
부서지는 것들은 따스하고
따스한 것들은 눈물을 간직하고 있구나

낙엽이여
낙엽의 눈물이여
여기까지 오는 동안
나는 나의 푸르던 이름과
그리움마저 잃어버렸다

바람 부는 길 끝에 서서
유년의 세월을 뒤적일 뿐
나는 나의 푸르던 이름과
영혼마저 잃어버렸다

낙엽이 되기 위해
우리는 모두가 낙엽이 되기 위해
그리움과 눈물과 영혼 같은
푸르름을 버리지만
너처럼 따스함은 간직할 수 없구나

낙엽이여.

동편제

풀 내음
남도(南道) 내음
정겨운 억양

한(恨)겨운 우리 가락
흥겨운 몸짓

하늘, 별, 달
지나가는 바람까지
신명나게
휘두르고 싶구나

너는 징소리로 울고
나는 꽹과리로 울고

워이-워이
모두 불러
한바탕
휘몰이로 놀아나 보세.

동백祭

보길도에 가네
겨울 바다에 뱃길이 있어
보길도 가네

어느새
동백꽃 지는 소리
파도에 떠밀려 물빛 붉어지네

　-저 멀리 바다에는 아낙들이 조개 줍고
　우리 고향 뭍에서는 큰애기들 동백 따네
　가세 가세 동백 따러 가세-

동백 지면 동박새 울음
꽃봉오리 떨어지듯 나뒹굴어
선소리꾼 요령채에 달아줄거나
어머님 무덤 위에 올려놓거나.

虛 像

우리 모두 서로 사랑해
어둠을 밝히는 촛불과 같이
사랑은
서로의 진실을 밝혀 주는 것

다정하게 이름을 불러 주며
서로의 어깨를 잡고
생명의 끝까지 걸어갈
영원한 동반자를 찾아내는 것

그러나 사랑은 슬픈 허상
우리들의 슬픈 허상뿐인 것.

과원에서

누구의 기쁨이 저처럼 붉겠으며
누구의 그리움이 저리도 향긋하랴

저것은 전설 같은
오랜 옛날부터
조선팔도 뒹굴다 온 전설 같은
축복이여!

이제 우리의 언덕은 평안할지니
낙과 떨어져 씨앗을 내뱉어도
우리의 언덕은 평안할지니

누구의 기쁨이 저리도 붉겠으며
누구의 그리움이 저리도 향긋하랴.

별이 되는 사람들

출퇴근길
네거리를 지날 때마다
방향을 잃어버리는 나
세상은 어차피 미로 같다 하지만
방향을 잃어버린 도심의 복판에도
하늘로 접어드는 골목이 있을까

계단을 오르며
계단을 내리며
별을 닮아 가는 사람들
아득한 거리에 우뚝 솟은 산
밤이 되면 능선 위에 별이 뜨리라.

여름 앞에서

장마에 젖은 햇빛이
꽃잎 위에 널려 있다

펄럭이는 하늘
펄럭이는 바다
반짝이는 것들은 모두가 펄럭인다

그러나 내 가슴
장마에도 젖지 못하는
이 세상 가장 어두운 곳
거기
무슨 꽃이 피느라
이리도 그리운가.

젊은 날의 이야기

동터 오는 새벽
완행열차에 매달려
낯선 땅 낯선 하늘 배낭 여행을 떠나자
차창 밖에 멀어지는 너의 모습을
텅 빈 등짐 속에 가득 채우고
끙끙대며 오르는 산과 바다여

너희들 가슴에는 무엇이 들어 있어
흔들어도 흔들어도 흔들리지 않는가
우리의 젊음은 강물 따라 흘러가서
바위에 부서지는 파도가 되리

부서져야 끌어안길 세상이라면
천만 번 부서지는 성난 파도로
이 세상 끝까지 달려가 보리

넘어지면 그 자리에 바위로 앉아
오늘을 증언하는 역사가 되리.

내 일

내일은 머나먼 미지의 세계라고
너는 나에게 속삭이지만
사랑은 언제나 내일
내일을 기다리며 참아내는 것

무너질 듯 쌓여 가는 어둠의 무게처럼
무겁게 돌아서는 너의 아쉬움
나뭇잎은 알고 있어
우리의 꿈 속에서 솟아오른 태양도
내일로 가기에는 힘들다는 걸

그러나
어제의 추억이 아름다웠듯
우리의 사랑은 내일 또 내일.

비 오는 날

비가 내린다
누군가 앉아 있던 자리에
비가 내린다

산정부터 젖어서
세상의 모든 것 따라 젖는구나

젖은 것들 모두
바다로 흐른다면
나도 흠씬 젖은 채
바다로 흘러들어
미처 스치지 못한 인연들
파도로나 부딪쳐 볼 수 있을까

비가 내린다
누군가 앉아 있던 자리에
산정부터 젖어서
세상의 모든 것 따라 젖는구나.

풀벌레의 여행

가을
저녁 무렵 하늘로
풀벌레 날다

노을 붉어지다
멀리
바닷물 차 올라
가슴 젖는 들판

낫질 소리
서걱댄다

피 흐르는
무릎 근처
코스모스 핀다

꽂잎 위로 내려앉을
하늘
풀벌레 울음 들린다.

紅 柿

사랑도 익을 대로 익으면
저렇게 헤어져야 하는가

스스로의 무게를 견디지 못해
가지를 움켜쥔 힘줄을 풀어
바닥에 투신하는 홍시를 보며

지난 세월
우리들 가슴도 저처럼
붉게 물들이지 않았었는지

우리
빛깔의 무게는 얼마쯤 될까
저울 위에 올라서면
아, 몸무게 전부가 핏빛뿐인
지금은 가을,
모두가 헤어져야 할 때.

가을의 무게

어젯밤 비 오고
지금은 바람 부는 숲에서
어느 풀벌레가
울음을 참아내고 있나보다

상수리 나무에서
후두둑
열매 떨어진다

떨어진 무게만큼
가벼워지는 세상

내 몸도 가벼워
저승에 든 것 같다.

자연 그리고 그 사유의 세계

이유식

자연 그리고 그 사유의 세계

이유식 (평론가 · 배화여대 교수)

Ⅰ. 정태적 자연세계

심윤희 시인의 첫 시집 《아름다운 것은 침묵한다》는 모두 68편으로 꾸며져 있다. 그의 시세계는 담백하다. 맑고 깨끗한 서정의 세계다. 채식성이라 기름기가 없다. 고압적인 지침이나 흥분을 멀리하고 초연한 자세와 목소리로 자연세계와 그의 주변을 살펴보고 있다.

대체적으로 보아 그는 생활시 쪽보다는 시의 소재를 자연이나 자연사물에서 구하고 있다. 그리고 이 자연세계는 천상적 자연세계 쪽보다는 지상적 자연세계에 그 의미론적 무게를 두고 있으며, 나아가 이 지상적 자연세계도 강렬한 동적 이미져리의 동태적 자연세계라기보다는 정태적 자연세계에 그 근원을 두고 있다.

정태적 자연세계인 만큼 속성적으로 그의 시에서는 자연과 인간의 대립이나 충돌 또는 인간의 삶을 위협하는 자연의 폭위 같은 일련의 서양적 자연관에서 연유되는 증후들은 거의 감지되지 않는다.

한마디로 이 시집에서 구현되고 있는 시인의 시정신은 자연과의 합일사상에 뿌리를 두고 있다. 자연과의 친화나 일체감, 나아가 회귀의식이 전편에 깔려 있다. 크게 보아 동양적 자연관이요 동양적 자연의식에서 그의 시는 출발하고 있다.

대체로 이런 동양적 자연관에서 자연을 배경으로 했거나 소재로 삼았을 때 그 시학적 방법에는 여섯 가지가 있을 수 있다.

즉 자연물이 가지는 미적 가치를 묘사하는 경우, 자연경관이나 풍물을 객관적으로 서경화하는 경우, 서경을 하되 시인 자신의 감정이나 정서를 노출시킨 경우, 자연상징이나 자연의 은유성을 통해 인생론적 해석을 도출하는 경우, 감정이입을 통해 자연물에 자신의 심경이나 심정을 의탁시키는 경우, 그리고 피세(避世)적 의미의 귀거래(歸去來) 유형 등이다.

이런 관점에서 이 시집에 나타난 자연을 보면 미적 가치를 묘사하는 경우나 자연경관이나 풍물을 객관적으로 서경화하는 경우, 그리고 피세적 귀거래의 경우는 찾아볼 수 없다. 대신 서경을 하되 시인 자신의 감정이나 정서를 노출시킨 경우와 감정이입을 통해 자연물에 자신의 심경이나 심정을 의탁시키는 경우, 그리고 자연상징이나 자연의 은유성을 통해 인생론적 해석을 도출하는 경우가 대부분이다.

Ⅱ. 주제의 몇 갈래

이 시집의 내용을 주제별로 계열화해 보면 대충 여섯 가지가 되는 것 같다. 자연과의 일체감이나 회귀의식, 자연의 은유성이나 이치를 통한 인생론적 유추나 사유, 사랑, 그리움, 일상생활에서 느껴 본 생각이나 감회, 인륜의식 등이다.

이 중에서 우리에게 가장 인상적으로 시적 감흥이나 감동을 줄 수 있는 주제문은 아무래도 자연과의 일체감이나 회귀의식, 자연의 은유성이나 이치를 통한 인생론적 유추나 사유, 그리움, 인륜의식이 아닐까 싶다. 그리고 이런 주제군에서 상당수의 수준 높은 작품을 발견할 수 있기도 하다.

첫째, 자연과의 일체감이나 회귀의식이 가장 잘 나타나 있는 시들은 이른바 '숲'을 소재로 한 일련의 연작시편이다.

· 이 세상 모든 그리움은 숲에서 시작되어 숲에서 끝나리니 (〈예감·1〉)

· 숲에 들면/ 핏줄 고요하다/푸르게 고요하다 (〈예감·8〉)

· 숲에 들면 모두가/풀잎이 된다 (〈풀뿌리 하나가 산을〉)

· 숲에 들어/풀꽃 앞에 앉아 있는 모습은 아름답다 (〈아름다운 것은 침묵한다〉)

· 나 평안하다/살아서/바다 깔고/하늘 덮고/산자락 기대보니 평안하다 (〈숲 속에 몸을 묻고〉)

적어도 이 시인에겐 숲은 생명의 근원이며 그리움의 시작과 끝이고 현재 생활의 활력과 충족감을 얻는 그 원천이기도 하다. 숲으로 상징되어 있는 자연과의 친화사상이 극명히 나타나 있다.

그리고 이러한 친화사상은 죽음 후의 자연회귀를 꿈꾸어 보는 소망으로까지 확대된다.

나 죽으면 숲에 묻으리
내 몸은 애시당초 숲의 한 부분으로
팔과 다리는 대지를 뻗어가고
내 눈과 마음은 바람에 흔들리고 흩날려
심장에선 풀잎이 돋아나는 소리 들려 온다

늙은 핏줄일지언정 이렇다면
숲의 튼튼한 뿌리 한 오락지쯤은 될 수 있지 않겠는가.

내 생전 사랑하던 사람과
저만큼 같이 서서 숲이 될 수 있다면
그 또한 소스라칠 행복이지 않겠는가.

- 〈예감·6〉 전문

숲과 몸은 이체일동(二体一同)이다. 인체 각 부분의 기능적 생명성을 숲의 생태학적 구조체계와 대비시켜 본 이 시에서 시인은 결국 인간도 자연의 일부분이며 죽어서는 자연으로 돌아가는 만큼 죽음 후의 행복한 자연회귀를 꿈꾸어 보고 있는 것이다.

그런가 하면 그는 자연의 사물이나 생명의 존재 양태를 보면서 자기가 현실에서 이룰 수 없는 꿈을 몽상해 보기도 한다.

누구를 그리워
평생을 한자리에 침묵하는지

단단한 어둠을 어깨로 밀어내며
앉아 있는 그 자리
얼마나 따뜻하랴

나도 이곳에 평생을 침묵하여
그리움을 그리워하는
작은 돌멩이고 싶다.

- 〈돌멩이가 앉아 있던 자리〉 중에서

한 마리 작은 새이고 싶다
하늘과 별과 바람을 사모하여
비상(飛翔)의 꿈으로 평생을 수고로운
날개를 달고 싶다.

- 〈새를 위한 서시〉 중에서

그리움의 표상인 '돌멩이'와 비상의 표상인 '새'를 통해 자기 꿈을 노래해 보고 있다.
이러한 시편류 중에서 우선 대표적인 시를 들라면 그것은 〈뿌리·1〉라는 시가 아닐까 싶다.

냇물은
거대한 원석(原石)의 중심에 뿌리를 뻗어
산맥과 산맥을 잎새로
강줄기를 대궁으로
한 송이 드넓은 바다의 꽃을 피운다.
그리고 꽃의 빛깔을 들어올려
하늘을 열고야 마는
근성(根性)의 절정

그 앞에서
내 목숨의 숨소리는 무엇인가
종족은 무엇이며 핏줄은
어디에 발원(發源)의 뿌리를 딛고 있는가를
생각하며 나는
차라리 한 방울의 이슬이기를 희망한다

가냘픈 바람 앞에
스스럼없이 증발하는 한 방울의 빛깔로
하늘의 꿈을 나르는 뿌리이기를 희망한다.

- 〈뿌리·1〉 전문

115

이 시는 앞에서 이미 전문으로 소개된 바 있는 《예감·6》
과 시적 발상이 비슷하다. 유사성의 발견과 그 대비, 그 대
비를 통한 시적 형상화 과정이 그렇다. 《예감·6》이 인체
(몸)와 숲의 생태학적 대비였다면, 이 시는 냇물을 풀꽃과
대비시켜 보고 있으며, 《예감·6》이 시적 형상화로써 자연
회귀를 꿈꾸어 본다면, 이 시는 자기 정체성의 발견과 그
소망을 노래하고 있다.

풀꽃이 처음에는 '뿌리'에서 뻗어 나와 다시 '잎새'를 이루고
'대궁'을 만들어 '한 송이 꽃'으로 피듯이, 냇물도 처음엔 '원
석'에서 솟아나 '산맥과 산맥'을 타고 흘러들어 '강줄기'를 이
루고 드디어 '바다'에 이른다는 것이다. 대비를 통한 병렬적
이미지의 구사다.

그리고 이 바다의 냇물은 미루어 풀이해 보건데 드디어 수
증기로 변하여 천둥과 번개로 변하여 '하늘을 열고야 마는/
근성의 절정'을 보인다는 것이다.

냇물의 이런 강인하고 부단한 생명력과 자기 변화의 창조
력을 생각해 보며 시인은 자기의 정체성이나 존재성을 반추
해 본다. 강을 이루고 바다를 이루고 드디어 하늘을 열고야
마는 냇물은 못 되더라도 작게는 '차라리 한 방울의 이슬이
기를 희망'해 보며, 좀더 크게는 '하늘의 꿈을 나르는 뿌리'
이기를 희망해 보고 있다. 정체성의 발견과 그 소망을 읊고
있는 시이다.

둘째, 자연의 은유성이나 이치를 통한 인생론적 유추나 사
유가 나타나 있는 시에는 《紅柿》, 〈낙엽〉, 〈가을의 무게〉,
〈아름다운 것은 침묵한다〉등이 있다.

〈紅柿〉에서는 감나무에 매달려 있는 홍시가 스스로 무게
를 못 이겨 떨어지는 것을 보며 '사랑도 익을 대로 익으면/

저렇게 헤어져야 하는가'라는 반문을 던지면서 만남이 있으면 반드시 헤어짐이 온다는 삶의 철리를 사유해 보고 있다. 〈낙엽〉에서는 붉게 물든 낙엽을 통해서 사랑의 성숙이나 사랑의 열도를 유추해 보며, 〈가을의 무게〉에서는 상수리나무에서 떨어지는 열매를 보면서 '떨어진 무게만큼/가벼워지는 세상/내 몸도 가벼워/저승에 든 것 같다'며 사뭇 공수래 공수거라는 선(禪)적 사유를 하고 있다.

 이런 주제의 시편 중에서 다소 역설적 색조마저 띠고 있는 수작이 바로 《아름다운 것은 침묵한다〉라는 시이다.

    숲에 들어
    풀꽃 앞에 앉아 있는 모습은 아름답다
    환희의 느낌을 침묵하기 위해
    떨고 있는 가슴은 더 아름답다

    산이 침묵하지 않고
    강이 침묵하지 않고
    꽃이 침묵하지 않는다면

    침묵을 바라보는 나의 눈빛이
    침묵하지 않는다면

    아름다운 것은 침묵한다
    우리의 생명이 임종을 침묵하여
    죽음에 이르듯
    목숨은
    영원한 침묵의 준비여서 아름답다.
- 〈아름다운 것은 침묵한다〉 전문

셋째, 그리움의 정서를 나타내고 있는 시에는 〈예감·2〉, 〈여름 앞에서〉, 〈헤어져 있는 것은 아름답다〉, 〈첫사랑 속으로〉, 〈해바라기〉 등이 있다. 대체적으로 다른 시인들의 시집을 읽어 보면 가장 빈번히 만날 수 있는 정서적 이미지들은 상실감, 허무감, 환멸감과 애수, 무상감, 외로움, 설움, 안타까움, 후회, 애환 등이다.

그런데 이 시집에는 이와는 달리 그리움의 정서가 대종을 이루고 있다.

〈예감·2〉에서는 '그러나 내가 끊임없이/너의 꿈을 꾸는 것은/아직도 우리가 살아 있다는/ 놀라움'이라며 살아 있기에 미지의 대상에 대한 그리움의 꿈꾸기를 하지 않을 수 없다고 고백하고 있다. 〈여름〉에서는 '그러나 내 가슴/장마에도 젖지 못하는/이 세상 가장 어두운 곳/거기/무슨 꽃이 피느라/이리도 그리운가'라 하고 있으며, 〈헤어져 있는 것은 아름답다〉에서는 '새벽별처럼/마지막 한 점의 빛을 감추며/우리가 서로를 그리워하는 모습은/또 얼마나 아름답겠는가'라고 역설적 자위를 하고 있다.

그러나 위의 시들에서보다 가장 고압적으로 그리움의 정서를 서정화시키고 있는 시는 〈해바라기〉와 〈첫사랑 속으로〉이다.

이 세상 그리움이란 그리움
모두 모여
커다란 원을 그려 놓고

강강수월래
강강수월래

외로움은 쌓아 올려
잉걸불을 지펴 놓고
바람이 불어오면 흔들리리라

손 끝에 하늘 걸고
발 끝에 땅을 걸고
바람이 불어오면 흔들리리라

나는 이제야
여문 가슴을 숙여
먼 지평의 고요함을 닮아 가느니

누가 나의 뿌리마저 흔들어
까맣게 타 버린 그리움의 형상들
하나도 남김없이 털어가 다오
털어가 다오

강강수월래
강강수월래.

- 〈해바라기〉 전문

아픔이었지 첫사랑은
평생을 다스려도 누르지 못할
불치의 속앓이
찬란한 아픔이었지

어쩌란 말인가
쓰러지지 못해 다시 앓는 천형을
까닭없이 툭툭 털고 일어나란 말인가
오늘도 별을 보며 신열을 앓고 싶어

119

지난날의 추억을 방황하지만
약속도 할 수 없는 먼 거리를
뒤쫓아 걷다가 돌아왔을 뿐

아픔이었지 첫사랑은
평생을 다스려도 누르지 못할
찬란한 불치의 속앓이였지.

　　　　　　　　　　　　　- 〈첫사랑 속으로〉 전문

　〈해바라기〉의 1연과 4연은 원 모양의 해바라기꽃에서 강
강수월래 원무(圓舞)를 연상하여 바람에 흔들리는 그리움의
춤으로 환치(換置)시켜 보고 있으며, 5연에서부터 끝연에서는
익어 버린 꽃씨 자체의 무게 때문에 고요히 고개를 숙인 채
마음껏 그리움의 춤을 출 수 없는 상황으로 바뀌어 있다.
그런 만큼 '누가 나의 뿌리마저 흔들어/까맣게 타 버린 그리
움의 형상들/하나도 남김없이 털어가 다오'라고 애소하고 있
다. 그리움의 정서가 역설적으로 폭발하고 있다.
　〈첫사랑 속으로〉는 꽤 단단한 시적 구조로 짜여져 있다.
다시는 되돌릴 수 없는 첫사랑의 추억은 '불치의 속앓이'요
'다시 앓는 천형'인 만큼 그 그리움의 강도나 강렬성이 매우
고압적이다.
　특히 '찬란한 아픔', '찬란한 불치의 속앓이'란 역설적 표현
이 그리움의 정을 증폭시키는 수사적 장치로써 큰 의미가
있다.
　넷째, 인류의식은 고향의 친정 아버지와 어머니를 생각해
보는 시에서 잘 나타나 있다.
　〈예감·9〉에서는 노란 민들레를 보고 문득 어머니를 연상
시키고 있다.

120

통영 그 시퍼런 바닷가
멸치젓 장터마당을 어슬렁거리며
기울어 가는 낮달을 좇아
노란 민들레가 피었습니다

어머니처럼, 어머니처럼
슬픔과 눈물을 무겁게 이고
멸치젓 사-소, 멸치젓 사이소

저녁 어스름보다도
촉촉히 젖어들던 목소리로
노오란 민들레가 피었습니다.

- 〈예감 · 9〉 전문

고향의 바닷가에 피어 있는 노란 민들레를 발견하고 시인
은 불현듯 지난 시절의 어머니 모습을 연상한다. 꽃대가 꽃
을 받치고 있듯 머리 위에 멸치젓을 이고 고생스런 행상을
하던 어머니 또는 어릴적 고향의 군상을 생각하며 다시 한
번 육친의 정을 반추해 본다.

〈아버지의 바다〉는 '저 깊고 푸른 통영 앞바다/그곳은 아
버지의 바다입니다/철썩철썩 밀려오는 파도 소리와/저인망
어선의 발동기 소리까지/아버지의 음성으로 들려오시던/그
곳에서 모든 것은 시작합니다'라고 시작되고 있는데 어린 시
절 어부들을 벗하였던 유년의 정서가 잘 나타나 있다.

두 편 모두 생활의 리리시즘이 담겨 있으며 인류의식을 환
기시켜 주는 시이다. 〈노란 민들레〉가 현대판 사모곡(思母
曲) 또는 사향곡(思鄕曲)에 해당한다면, 〈아버지의 바다〉는
가히 사부곡(思父曲)이라 이를 만하다.

Ⅲ. 마무리

나는 지금까지 심윤희 시인의 시세계의 특징과 주제의 갈래를 살펴보았다.

이제 마지막으로 언급하고자 하는 것은 표현법상의 특징이다. 시의 문맥에 따라 다소 차이야 있겠지만 그는 역설이나 유사(類似) 역설적 표현을 즐겨 사용한다는 사실이다.

· 무너져 내릴 것은 소란스러워 좋다 (〈예감·1〉)
· 환희의 느낌을 침묵하기 위해/떨고 있는 가슴은 더 아름답다 (〈아름다운 것은 침묵한다〉)
· 불치의 속앓이/찬란한 아픔이었지 (〈 첫사랑 속으로〉)
· 부서지는 것들은 따스하고/땨스한 것들은 눈물을 간직하고 있구나 (〈가을 여행〉)
· 눈물이 고일수록 /세상은 아름답고/ 이런 날은 차라리 기도하고 싶어라 (〈촛불로 보는 세상〉)

대충 뽑아 본 표현들이다. ‘비극적 황홀’이나 ‘역설적 자위’로써 정서적 반응에 탄력감을 주면서 시의 품격을 한층 높여 주는 고명과 양념 구실을 하고 있다.

끝으로 한 가지 밝혀 두고자 하는 일이 있다. 이 시집의 출간을 기해 어떤 다른 형식의 글보다는 비평가이기에 평설을 맡아 주는 것이 더욱 좋겠다기에 나는 이 글을 쓰고 있다. 그런 만큼 비평적 조언도 한마디 해 두어야겠다.

‘의미화’가 다소 미진한 작품이 간혹 보이고 있다는 점이다. 물론 시집 한 권에 68편의 작품을 선보이다 보면 옥석

이 뒤섞일 수 있는 개연성이야 있겠지만 소묘(素描)식 작품이
더러 끼이다 보면 시집의 품격을 훼손시킬 가능성이 많다는
점을 유념해 주었으면 한다. 이 평설이 다소라도 참고가 되
어 앞으로 더욱 격조 높은 시들이 나와 주길 기대해 마지않
는다.
　첫 시집의 출간을 축하드린다. 공해에 찌든 우리에게는 한
줄기 시원한 숲바람을 선사해 주리라 본다.

문명과 자연을 다스리는 여류
-내가 만난 심윤희의 문학세계

박건호(작사가·시인)

먼저 시를 읽기 전에 사람을 읽어야 그 사람의 문학세계를 이해하는 데 도움이 되리라 생각한다. 그래서 첨언을 하자면 심윤희 시인은 한마디로 조용한 여인이다. 조용한 여인을 보면 긴장부터 하는 것이 나의 버릇이므로 그 동안 심윤희 시인을 대하기란 여간 조심스러운 일이 아니었다.

심윤희 시인은 어떤 사물에 심취해 있을 때는 묻는 말에도 대답을 않다가 느닷없이 지금까지 관찰한 사물의 느낌을 혼자만의 독백처럼 털어놓는 것이 습관이 되어 있다. 나는 심윤희 시인의 그러한 습관(?)을 볼 때마다 어쩌면 활화산 같은 정열이 그녀의 가슴에 매설되어 있을지도 모른다는 생각을 버릇처럼 하고 있는 것이다. 그러니까 심 시인의 습관에 의해 나의 버릇 하나가 늘어난 셈이다. 그리고 심 시인이 툭툭 뱉어내는 짧은 마디의 말 속에서 그녀의 조용하면서도 조용하지 않은 면에 놀라는 것도 어쩌면 새로 생긴 버릇이리란 생각이다. 또한 그러한 나의 생각에 대한 적중율은 그가 다스려 온 희로애락의 세계, 즉《아름다운 것은 침묵한다》라는 이 한 권의 시집에서도 확연히 나타나고 있다.

따라서 심윤희 시인의 인간과 시세계도 전혀 상반된 것처럼 보이는 것이어서 내가 노래쟁이의 세계에서 접한 가수 '윤시내'를 어쩔 수 없이 떠올리게 된다. 윤시내의 평소 목소

리는 기어들어가는 듯이 작은 것이었다가도 일단 마이크 앞
에 서면 전혀 다른 사람이 되어 무대를 휘젓고 다니는 공기
를 보이는 것이다. 그렇듯 심윤희 시인의 일상생활은 조용
한 것이지만 그녀의 시세계는 결코 조용하지 않다.

 나는 그녀가 건네준 첫 시집의 원고 첫장을 펼치면서 물씬
풍겨 오는 태고적 숲의 향기를 맡았다. 그것은 그의 세련된
모습에서는 쉽게 상상할 수 있는 것이 아니었다. 그러나 다
음 순간 어쩌면 문명의 발달과 보조를 맞추면서도 세상을
날카롭게 관조할 줄 아는 심윤희 시인은 이 시대가 필요로
하는 신세대 시인의 전형이며 그것이 진정한 세련미가 아닌
가 하는 느낌을 갖게 한다.

통영 그 시퍼런 바닷가
멸치젓 장터마당을 어슬렁거리며
기울어 가는 낮달을 좇아
노란 민들레가 피었습니다

어머니처럼, 어머니처럼
슬픔과 눈물을 무겁게 이고
멸치젓 사-소, 멸치젓 사이소

저녁 어스름보다도
촉촉히 젖어들던 목소리로
노오란 민들레가 피었습니다.

- 〈예감 · 9〉 전문

 아무렇게나 뽑아 본 그의 시 한 편이다. 어느 구절에서도
삶이나 사랑이 자연과 잘 어우러져 있으며 그러한 현상은
심 시인의 마음 속에 하나의 정신적 정원을 만들어 주고 있

다. 그리고 이 정신적 정원이 메말라 가는 도시에서 살아가는 심윤희 시인으로서는 같은 도시를 살아가는 이웃들을 구원할 마음으로 숲시를 써서 나누리란 생각을 해 보는 것이다.

　심윤희 시인의 《아름다운 것은 침묵한다》는 대체로 숲에 관한 연작시의 성격을 띠고 있다. 대개 연작시란 특정한 한 가지 사물만을 선택하여 그것이 끌어안고 있는 의미만을 끌어내는 작업이기 때문에 그 의미역이 단조롭거나 편협할 것이라는 예단을 하기 쉽다. 그리고 이러한 선입견을 갖게 되는 이면에는 지금까지 발표된 많은 시인들의 연작시 가운데 위에서 지적된 위험성을 그대로 노출시킨 작품들이 많았다는 사실을 상기해야 할 것이다. 그리고 이러한 위험성으로 하여 필력을 왠만큼 인정받는 글쟁이들도 연작시 쓰기를 망설이는 마당에 이제 갓 처녀시집을 상재(上梓)하는 시인으로서는 상당한 모험이고 기성문학에 대한 도전이 아닐 수 없다 할 것이다.
　그러나 그 모험이나 도전 자체를 위태롭게 생각하거나 안타까운 눈으로 바라볼 필요는 없다. 어차피 인생이란 것이 모험과 도전의 연속이며 그것들에 의해서만 자기 성취를 이뤄 갈 수 있기 때문이다. 그리고 그러한 진실을 사실로 확정짓기 위해서는 심윤희 시인의 모험적 또는 도전적 시세계를 밟아가는 것으로도 충분하리란 생각이다.
　심윤희 시인의 작품을 읽어가다 느낀 것은 그 작품의 동화력에 이끌려 숲 속에 들어 있는 착각을 일으킨다는 것이다. 그러한 동화력은 어쩔 수 없는 도시인으로서의 숲에 대한 동경심이나 그러한 따위의 잠재의식이 어느 정도는 개입했을 것이지만 최소한 숲을 그리워하는 독자의 잠재의식을 깨우는 힘은 순전히 심윤희 시인의 가슴에서 우러나는 것임은 부인할 수 없다.

그렇다면 심윤희 시인의 숲에 대한 동화력은 어디에서 생겨나는가. 심 시인은 그 자신의 가슴 속에 내재된 지극한 모성애를 숲으로 변형시켜 세상을 감싸려는 노력이 부지런하다는 생각을 갖게 한다. 거기에 숲이 갖는 모성적 성질이 심윤희 시인의 모성애와 어울려 숲 또는 어머니를 그리워하는 독자들의 기대심리와 조화를 이루고 있는 것이다. 다시 말하면 심윤희 시인의 숲을 바라보는 자세는 일방적으로 숲에서 무엇을 얻어내기 위함이 아니고 숲의 흡인력에 동화되어 자기의 정신을 숲에 빼앗김으로써 자신 스스로가 넓고 푸른 숲의 일부가 되는 것이며 그런 가운데서 숲이 보여주는 조용하고 포근하게 세상을 끌어안는 방법을 익혀 가는 것이 아니겠는가. 때문에 그의 시는 이제 시작하는 사람답지 않게 들뜨지 않고 시끄럽지 않고 억지 부리지 않고 조용하면서도 포근하게 독자들을 끌어안는 힘이 되는 것이다.

그렇다고 해서 심윤희의 시를 여성적이라거나 때문에 글심이 약할 것이라고 예단해서는 안 된다. 독자들은 느꼈을 터이지만 그의 시세계는 햇볕이 잘 들고 거름진 토양에서 자란 나무처럼 튼튼하고 힘이 있는 것이 오히려 남성적이라할 것이며 한국 문단에 이처럼 힘이 있는 여류들이 몇 안된다는 점에서 앞으로 그의 활동이 주목된다 할 것이다.

128

아름다운 것은 침묵한다

●

1판 1쇄 인쇄 · 1998년 7월 15일
1판 1쇄 발행 · 1998년 7월 20일

지은 이 · 심윤희
펴낸 이 · 임종대
펴낸 곳 · 미래문화사

등록 번호 · 제3-44호
등록 일자 · 1976년 10월 19일

주소 · 서울시 용산구 효창동 5-421 ㉾140-120
전화 · 715-4507, 713-6647
팩시밀리 · 713-4805
ⓒ1998, 미래문화사

값 4,000원

ISBN 89-7299-160-0